Volonté Divine

Translated to French from the English version of Divine Will

Geetha Ramesh

Ukiyoto Publishing

Tous les droits d'édition mondiaux sont détenus par

Ukiyoto Publishing

Publié en 2024

Contenu Copyright © Geetha Ramesh

ISBN 9789364943741

Tous droits réservés.

Aucune partie de cette publication ne peut être reproduite, transmise ou stockée dans un système de recherche documentaire, sous quelque forme que ce soit et par quelque moyen que ce soit, électronique, mécanique, photocopie, enregistrement ou autre, sans l'autorisation préalable de l'éditeur.

Les droits moraux de l'auteur ont été revendiqués.

Il s'agit d'une œuvre de fiction. Les noms, les personnages, les entreprises, les lieux, les événements, les sites et les incidents sont soit le fruit de l'imagination de l'auteur, soit utilisés de manière fictive. Toute ressemblance avec des personnes réelles, vivantes ou décédées, ou avec des événements réels est purement fortuite.

Ce livre est vendu à la condition qu'il ne soit pas prêté, revendu, loué ou diffusé de quelque manière que ce soit, à titre commercial ou autre, sans l'accord préalable de l'éditeur, sous une forme de reliure ou de couverture autre que celle dans laquelle il est publié.

www.ukiyoto.com

Dédicace

CE LIVRE EST DÉDIÉ À MON GRAND-PÈRE J
RAMASAMI QUI VIVAIT UNE VIE SPIRITUELLE ET
VOYAIT LA DIVINITÉ DANS TOUS LES ÊTRES

Contenu

Introduction	1
Chapitre 1	4
PROCESSUS DE RÉFLEXION	4
Chapitre 2.	11
Maîtrise de soi.	11
Chapitre 3	18
Stabilité de l'esprit	18
Chapitre 4	23
Attachement et détachement	23
Chapitre 5	28
Les apports influencent la pensée.	28
Chapitre 6	33
Méditation	33
Chapitre 7	37
L'amour universel	37
Chapitre 8	45
Mon expérience personnelle et mon cheminement spirituel	45
Chapitre 9	50
Swami Vivekananda	50
Chapitre 10	54
Conclusion	54

Introduction

Mes humbles salutations aux autres âmes de cette race humaine. Ce livre est une dédicace d'amour et de service à l'humanité entière.

Depuis mon enfance, je m'interroge sur l'existence du monde, sur qui l'a peut-être créé et sur ce qui se passe jour et nuit.

Avant même de pouvoir contempler ce qui se passe autour de moi, je suis entraîné dans le tourbillon de l'existence mondaine.

J'étais loin de me douter alors que la vie que nous menons est déjà préconçue pour tout ce que nous faisons. Une force intérieure nous gouverne déjà.

J'ai déjà vécu soixante ans de ma vie dans ce monde. Quelles que soient les connaissances ou l'expérience que j'ai acquises, j'aimerais les partager avec vous tous.

La vie n'est plus la même qu'il y a cinquante ans. D'un côté, la science et la technologie ont progressé, de l'autre, la violence et la criminalité ont augmenté. La moralité s'est effondrée. L'égoïsme a remplacé le sacrifice et le désintéressement.

Bien que nous parlions de mondialisation dans tous les domaines, la véritable mondialisation est l'unité des esprits. Nous avons besoin de plus d'amour véritable. L'amour de l'humanité, la générosité, la tolérance, la patience et la compassion.

La conquête de soi est l'élément fondamental dont l'humanité a besoin. À partir du moment où vous avez conquis votre propre personne, vous êtes le maître de votre propre personne. Aucune force sur terre ne pourra jamais oser vous ébranler.

Cette conquête de soi doit être enseignée très tôt dans la vie. C'est le fondement principal de la vie de tout individu.

Le soi peut à nouveau être divisé en deux, le niveau physique et le niveau mental. Le niveau grossier et le niveau subtil. Il y a quelque chose que l'on appelle le moi supérieur ou le moi divin qui nous gouverne.

Le niveau physique est divisé en croissance physique et santé. Le niveau mental se compose de trois parties : la super conscience, la subconscience et la conscience. Que ce soit au niveau physique ou mental, tout dépend de l'apport qu'il reçoit. La pensée est la semence principale dans la vie de chacun, elle est la pierre angulaire de notre vie. Notre destin ou karma est basé sur nos pensées. Comme l'esprit, le corps a aussi des souvenirs. Tout comme notre corps change constamment de la naissance à la mort, notre esprit ne sera pas non plus le même tout au long de notre vie. Elle ne cesse d'évoluer. Au fur et à mesure qu'il change, notre attitude, notre comportement, nos habitudes, notre caractère et notre personnalité changent également.

Mais il y a ce qu'on appelle les fondations, qui sont plus bénéfiques pour le corps que pour l'esprit. L'alimentation de la mère pendant la grossesse constitue l'apport pour l'organisme. Le rôle de la mère est donc très important. Elle pose la première pierre d'un individu, non seulement sur le plan physique, mais aussi sur le plan mental.

Tout comme notre corps se forme en fonction de nos gènes, de notre hérédité, de l'alimentation, des exercices et de la relaxation que nous lui apportons, notre esprit se forme également en fonction de nos gènes et de ce que nous lui apportons, et pour aller encore plus loin, l'esprit a également des souvenirs de ses naissances précédentes.

Notre moi supérieur n'est rien d'autre que notre âme, qui est de nature divine. C'est l'âme qui choisit sa mère avant d'entrer dans le ventre de sa mère. En choisissant le ventre de sa mère, il choisit aussi son propre destin, les conséquences de sa naissance dans ce ventre.

C'est pourquoi la femme est nettement plus importante dans son rôle de mère. Elle est une forme d'énergie (Shakti). Les femmes peuvent tout supporter. Ils sont le moteur de la tolérance et de la patience. Elle est comme une bougie qui illumine le monde de son amour. Les femmes dépensent leur énergie à élever leurs enfants et leur famille.

Toutes les créatures sur cette terre sont composées des deux qualités de positivité et de négativité. Il s'agit de deux faces différentes de la même pièce.

Passons maintenant au livre proprement dit, qui met davantage l'accent sur la stabilité de l'esprit et la maîtrise de soi. Avant de passer au contrôle de l'esprit et à la stabilité dans toutes les situations, il convient d'observer attentivement le processus de pensée.

La plupart des idées de ce livre sont basées sur les enseignements de Swami Vivekananda et de la Bhagwat Gita. Il s'agit là de doctrines de la religion hindoue, perpétuées depuis des siècles. J'ai fait de mon mieux pour mettre en lumière toutes ces doctrines, dans l'intérêt des jeunes de cette **époque**.

Pour citer notre grand maître spirituel indien Swami Vivekananda : "Il se peut que je trouve bon de sortir de mon corps, de m'en débarrasser comme d'un vêtement hors d'usage. Mais je ne cesserai pas de travailler ! J'inspirerai les hommes partout jusqu'à ce que le monde sache qu'il ne fait qu'un avec Dieu".

Je me sens responsable et j'estime qu'il est de mon devoir de partager mes connaissances de ce grand géant spirituel qu'est Swami Vivekananda. Il a conservé un vaste trésor de connaissances réparties dans ses différents volumes. J'ai fait de mon mieux pour présenter ces connaissances en quelques mots afin que le commun des mortels puisse les comprendre.

Chapitre 1
PROCESSUS DE RÉFLEXION

*Photo prise par l'auteur

La plupart d'entre nous ont l'impression que l'esprit se trouve à l'intérieur du corps. En fait, c'est l'inverse. Le corps est à l'intérieur de l'esprit. Comme le souffle, comme l'air, comme la lumière, comme Dieu, nous ne pouvons pas voir l'esprit. Tout ce qui est grand et merveilleux est gardé comme un mystère invisible mais plus puissant. C'est le jeu merveilleux du surnaturel.

Notre système humain est aussi un ordinateur, les données que nous lui transmettons sont comme les programmes d'un ordinateur. Les intrants, principalement sous forme d'aliments, sont axés non seulement sur le développement du corps, mais aussi sur celui de l'esprit. L'esprit reçoit des informations de diverses sources par l'intermédiaire des sens. Supposons qu'une personne soit dépourvue de tous les sens. Il est aveugle, muet et sourd. Son esprit fonctionnera-t-il ? Oui, son esprit fonctionne encore. Comme le corps, chacun a aussi un esprit. Nous sommes un cran au-dessus des animaux grâce à notre esprit et à nos pensées. Ce sont les pensées qui rendent les êtres humains plus puissants. Les pensées font l'homme. Vous devenez ce que vous pensez Toutes les données que nous recevons par l'intermédiaire de nos sens se transforment finalement en pensées et en impressions dans notre esprit.

Notre esprit est le lieu de stockage de millions et de millions d'impressions de ce type, enregistrées au fil des âges. Dans la religion hindoue, ces impressions sont à la base du karma. Notre destin lui-même est décidé par ces impressions, qui comprennent également notre naissance et notre mort.

À chaque seconde, nous continuons à faire jaillir des tas de pensées, à enregistrer et à réenregistrer. Le processus se poursuit. Physiquement, nous sommes tous de petits îlots de chair et de sang. Bien que les éléments constitutifs soient les mêmes pour tous. Sur le plan mental également, nous sommes tous de petites bulles enveloppées de nos impressions de pensée. Mais toutes les bulles font partie du même océan. Nous faisons tous partie d'une immense masse universelle.

Le gène et les impressions que nous recevons lorsque nous sommes dans le ventre de notre mère sont en partie responsables de notre caractère, de notre enfance et des personnes qui nous entourent. Les incidents que nous rencontrons, les informations reçues par nos sens, tout ce que nous rencontrons de l'enfance à la jeunesse sont les fondements principaux du processus de pensée.

Jusqu'à la jeunesse, les pensées poussent comme un arbre, et à l'âge mûr, elles nous donnent beaucoup d'expériences à ruminer pendant la vieillesse.

Ne soyons pas un caillou dans la rivière qui coule, devenons la vague rugissante qui émerge dans l'océan.

6   Volonté divine

* Photoprise par l'auteur

Au cours de notre vie, nous rencontrons plusieurs types de personnes autour de nous. Les personnages importants de notre vie sont très souvent des répétitions de plusieurs naissances. Les relations avec les gens sont donc essentielles pour façonner notre destin. En fait, toute notre vie en dépend. Aucun homme n'est une île. Bien que nous soyons physiquement et mentalement séparés, nous faisons tous partie d'une immense messe universelle.

La somme des pensées d'un groupe d'individus est très importante. Il a déplacé les Nations. Elle a marqué l'histoire. Il a donné lieu à de nombreuses évolutions et révolutions. La première et la deuxième guerre mondiale, ainsi que les épidémies, sont des exemples de ce type d'augmentation massive. C'est le cas au niveau macroéconomique.

Même au niveau microéconomique, la pensée de masse et la réaction poussent une personne à choisir une mauvaise voie. Par exemple, un groupe d'individus, principalement des membres de la famille, pensent qu'untel est inutile, untel est paresseux, untel est vagabond et untel est intelligent, beau, etc. On pourrait multiplier les phrases de ce type, qui ne font que conduire l'individu à une fausse image de lui-même.

Certains sont des Z dotés d'excellents talents, d'une grande intelligence et même d'un bon caractère et d'un cœur aimant, mais, ironiquement, leurs mauvaises habitudes et leurs manies ruinent la plupart du temps leur vie elle-même. Certains seront peut-être plus ternes et moins obéissants et disciplinés, mais leur vie s'en trouvera excellemment bien. Très souvent, il peut s'agir d'enfants nés du même ventre et élevés par les mêmes parents, où est la différence ?

Vous êtes-vous déjà demandé pourquoi certaines personnes commettent des crimes ? Des crimes de toutes sortes comme le meurtre, le viol, l'attentat à la bombe et le terrorisme. D'autres sont plus enclins au suicide. Beaucoup sont devenus fous ou psychopathes. La cause profonde de tout commence dès l'enfance. La société, les parents, les enseignants, les amis, les membres de la famille, le voisinage, leurs ancêtres sous forme de gènes sont à blâmer. Sondez l'histoire d'un individu, tout remonte à son enfance.

On peut rencontrer plusieurs types de personnes autour de soi, les positives, les négatives, les neutres, les rondes, c'est-à-dire les personnes ayant toutes les émotions et les attitudes, un mélange de tout et les plates (le côté positif ou négatif de la personne est mis en évidence).

Mais toutes les âmes, qu'il s'agisse d'une personne positive ou d'un personnage négatif, ont leur divinité intérieure en elles. Fondamentalement, toutes les âmes sont divines et proviennent d'un seul et même maître universel.

Les âmes ne peuvent être détruites. En fait, on ne peut pas les voir non plus. La beauté de l'âme universelle est visible partout. L'âme universelle, lorsqu'elle est fragmentée en tant qu'individus, passe par un très long voyage comprenant plusieurs naissances. À chaque naissance, la conscience recueille certaines mémoires qui la transportent vers l'avant. Le but de notre existence sur cette terre est d'apprendre. Apprendre à travers nos expériences à chaque naissance jusqu'à ce que l'âme individuelle fusionne avec l'âme universelle. La scène principale de cet apprentissage universel est l'esprit et ses pensées.

Les émotions jaillissent comme des fontaines de pensées. Or les émotions, comme les pensées, sont de couleurs variées. Le fait de penser fréquemment à la même chose donne de la puissance et de l'énergie à la pensée. Cela vaut pour tous les types d'émotions.

C'est particulièrement évident en amour. Deux individus peuvent se trouver à des kilomètres l'un de l'autre, mais la communication entre les deux âmes se fait comme un éclair. De même, dans la haine. Une émotion se propage d'un individu à l'autre. Toutes les émotions, qu'elles soient négatives ou positives, ont leur propre puissance et leur propre vibration.

Parfois, une émotion positive comme l'amour peut entraîner des pensées négatives comme la peur, la jalousie, la possessivité et l'attachement. Les parents ont trop d'amour pour leurs enfants que cela fait naître la peur en eux. Le plus souvent, vous avez remarqué que les mères s'inquiètent pour leurs enfants avec des peurs négatives ? Les pères ont une vision négative de l'avenir de leur fils. Ces pensées et ces peurs inutiles ont ruiné la vie de nombreuses personnes. Lorsqu'une personne est gravement malade, la plupart d'entre elles ont des pensées négatives liées à la peur de la mort.

Pensez toujours de manière positive. Si vous voulez vraiment aider l'autre personne, étendez votre positivité au maximum. Pensez à vos enfants de manière positive. Cela renforcera sans aucun doute leur personnalité et leur moral. Les pensées positives à l'égard d'une personne malade la guériront et la conduiront à la guérison.

Il ne fait aucun doute que la plume est plus puissante que l'épée, mais l'esprit et ses pensées sont encore plus puissants. Parfois, l'esprit devient si cruel que, par amour pour sa caste ou son statut, on tue ses propres enfants.

*Photo prise par l'auteur

Chapitre 2.
Maîtrise de soi.

Dans ce chapitre, nous verrons comment les émotions naissent des pensées. Une seule pensée peut entrer dans notre esprit, aussi minuscule qu'une moutarde. A terme, en fonction des situations qui nous entourent, elle nous impliquera comme une montagne ou un volcan. Une bonne pensée est toujours la bienvenue et une aubaine. Une pensée négative, lorsqu'elle n'est pas vérifiée et contrôlée correctement par un individu, ruine sa propre vie. C'est pourquoi nous voyons tant de meurtres, de suicides, de viols, d'attentats à la bombe, de violence et autres.

Pensez-vous que les individus ou les groupes qui poursuivent cette action négative ne sont pas conscients de ses conséquences ? Dans de nombreux cas, au plus profond de leur cœur, ils sont plus bons et plus larges d'esprit qu'une bonne personne typique.

Sciemment ou non, ils ont semé la graine de la négativité dans leur esprit à cause de situations, de personnes et de circonstances. Ils sont pris dans leur propre toile d'araignée dont ils ont du mal à sortir.

De nombreux crimes, en particulier les suicides, ne se sont pas produits soudainement un beau jour. Ce sont les cactus et les mauvaises herbes des négativités déposées dans leur esprit au fil des ans.

À la base, la négativité n'est qu'un commérage qui met en pièces l'histoire de la vie d'un autre individu avec beaucoup d'enthousiasme et de plaisir de la part d'un groupe d'individus. Au niveau macro, c'est-à-dire la guerre elle-même.

Je pense personnellement que l'apparition fréquente de pandémies telles que la grippe porcine, Corona, etc. est la somme totale des impressions négatives accumulées par les esprits individuels au fil des ans. Dans le passé, elle éclatait en tant que guerre, comme la première et la deuxième guerre mondiale.

Quelle est, selon vous, la cause première des guerres ? À la base, il y a la cupidité, la jalousie, l'égoïsme, la haine et la peur.

Même les animaux ne descendent pas aussi bas que les humains. Nous devons développer l'art de nous contrôler. De nos jours, les femmes se livrent de plus en plus à des activités criminelles telles que le meurtre, l'enlèvement, etc. Récemment, on a appris qu'une femme du Karnataka avait assassiné son fils de 4 ans pour qu'il ne rencontre pas son père. C'est le comble de la jalousie et de l'égoïsme.

Ce n'est pas parce que beaucoup sont des criminels que les autres sont des Saints. Toutes les âmes doivent passer par plusieurs étapes avant d'être finalement éclairées et de fusionner avec la conscience universelle. C'est comme un fleuve qui traverse plusieurs montagnes et fosses avant de se jeter dans l'océan. Le corps physique passe par plusieurs étapes, de la petite enfance à la vieillesse. Dans sa croissance physique, l'esprit et la conscience individuelle traversent un long voyage. C'est le tour de chaque âme individuelle de passer par différents caractères, non seulement dans une naissance, mais dans plusieurs naissances. Nous sommes comme des acteurs qui jouent sur scène. Rien n'est donc permanent sur la scène mondiale. Un homme pauvre peut devenir riche à sa prochaine naissance. Un mendiant peut avoir été millionnaire lors de sa précédente naissance, une belle femme peut avoir été un vilain petit canard il y a deux ans. Un criminel ou même un violeur peut avoir été un saint dans sa naissance antérieure. Rien n'est permanent

Une fois que cette vérité sera ancrée dans l'esprit de chacun, de nombreux problèmes pourront être résolus. Même les problèmes de grande ampleur au niveau national et international peuvent être résolus.

La maîtrise de soi au niveau individuel ne peut être atteinte que si nous enregistrons la vérité universelle au niveau de notre subconscient.

Il n'y a que quelques points à retenir.

La mort est certaine. Tous ceux qui naissent doivent mourir. Si la mort est certaine, le moment de notre mort ne l'est pas. Personne n'en est propriétaire. Tout ce que nous possédons comme richesse, santé, statut, caste, éducation est temporaire et disparaît au moment où nous mourons. Seule la mort est la vérité. Le reste n'est que jeu de scène. Il n'y a ni bien, ni mal, ni positif, ni négatif, ni bonheur, ni tristesse, ni profit, ni perte, ni chaleur, ni froid. Il s'agit de modèles changeants que chacun doit expérimenter ici sur terre. Nous sommes venus ici pour apprendre, mourons avec des connaissances.

La meilleure connaissance est celle que l'on acquiert sur soi-même. Un roi peut avoir conquis plusieurs royaumes, mais il n'est pas un vrai guerrier s'il n'a pas conquis sa propre personne. La maîtrise de soi ne consiste pas seulement à équilibrer ses pensées et ses émotions, mais aussi à surmonter ses tendances naturelles. Chaque fois que vous vous sortez avec succès d'une émotion donnée, vous devenez plus fort. Je pense que c'était un test de volonté de la part de la Providence. Si les pensées sont comme des graines, les émotions et les sentiments sont comme des plantes cachées qui germeront dans n'importe quelle situation appropriée. En affrontant victorieusement ces situations avec des pensées et des émotions équilibrées, sans trop d'agitation ni de dommages, votre Volonté est renforcée. Plus de volontés fortes et d'hommes forts, c'est une meilleure société et une meilleure nation.

Cela ne signifie pas que le monde doit être plein de roses et sans épines. Toutes les roses doivent être accompagnées d'épines. Que serait la vie sans difficultés ni négativités ? Ce sera un ennui total, comme un film sans méchant.

Voici les principales émotions négatives qui se manifestent chez tout individu. La peur, l'ego, le désir, la jalousie, l'égoïsme, la haine, la luxure, la cupidité, la colère, la paresse, l'intolérance, l'impatience, l'impulsivité, le doute et le fanatisme. La peur est une qualité innée chez tous les êtres vivants. Elle est de nature instinctive et instantanée. A l'exception du fanatisme et de l'ego, tous les sentiments mentionnés ci-dessus sont communs à l'homme et à l'animal. Où se situe la différence. Toutes les émotions susmentionnées sont présentes chez tous les individus. La façon dont vous surmontez ce sentiment en fonction de la situation apporte harmonie et équilibre à votre vie. Plus vous êtes exposé à des personnes et à des situations, plus vous êtes en proie à l'une des émotions négatives susmentionnées. Comme un guerrier, vous devez tout prendre comme un défi.

Parlons de notre principal ennemi, la peur. Même si la peur est fréquente chez les animaux, ils n'ont qu'une seule peur, celle de la mort. Mais l'humanité a une très longue liste de peurs : la mort, la maladie, le mariage, le divorce, le travail, les gens, la peur de perdre quelqu'un ou quelque chose, l'insulte, la peur de perdre, la haine liée à la peur des chats, des chiens, des serpents, des lézards, des cafards, la peur de l'échec, l'obscurité, la magie noire, les ennemis, les voleurs, le terrorisme, et ainsi de suite.

La peur de la mort et de la maladie sont naturelles et ne dépendent pas de nous. Mais les autres types de peur peuvent être éliminés. Plus vous éliminerez ces craintes, plus vous aurez confiance en vous. La peur est le plus grand défi que nous puissions relever. Par exemple, si quelqu'un a le trac, il peut délibérément monter sur scène et se produire. Plus il le fait, plus sa peur s'estompe.

Des exercices similaires peuvent être effectués pour d'autres émotions. Fuir un problème n'est pas la solution. La nature vous obligera à faire face au problème jusqu'à ce que vous soyez soulagé de cette émotion particulière. Cela ne signifie pas qu'il faille s'exposer aux tigres et aux serpents. Nous devons garder notre état d'esprit, toujours prêts à faire face à n'importe quoi, et ne jamais paniquer. Apprendre la leçon de maîtrise de soi est très important dans la vie. Certains incidents et le même type de personnes se répètent dans notre vie, car nos pensées ont été dynamisées par le fait de penser fréquemment dans une seule direction. Nous ne sommes pas assez mûrs pour sortir victorieux de situations similaires. Il faut parfois toute une vie pour l'apprendre.

L'ego, c'est avoir une trop haute opinion de soi-même. Toutes les créatures, en particulier les êtres humains, sont égales sur cette terre. Nous sommes faits de la même composition. Trop penser à soi n'est qu'une sottise. Dans cette naissance, quelqu'un peut être un mendiant. Il peut devenir roi à sa prochaine naissance, et un nègre peut naître comme un blanc à sa prochaine naissance. Un criminel peut devenir un saint lors de sa prochaine naissance. Un brahmane peut avoir été un shudra dans sa naissance précédente. Une belle femme peut avoir été un vilain petit canard lors de sa naissance précédente, tout est temporaire et limité dans le temps. Il n'y a pas de quoi être fier. Tout ce que nous réalisons n'est possible que si la nature nous donne sa bénédiction.

En ce qui concerne le désir, le désir de l'humanité est très vaste comme un océan. Il n'y a pas de limite. Comme les pensées, le désir change à chaque âge et parfois d'un mois à l'autre, d'une personne à l'autre. En ce qui concerne le désir, il vaut mieux nous analyser et nous observer. Les désirs qui ne sont pas nuisibles aux autres et à soi-même peuvent être satisfaits.

Dans votre empressement à vous changer et à vous contrôler, ne vous privez jamais de vos pulsions, pensées et comportements naturels. La répression ne conduit qu'à l'agressivité. Tout flux naturel de pensées ou d'émotions, il suffit de le laisser s'écouler.

Vous n'êtes pas une île de schémas de pensée. Vous faites toujours partie du flux de pensée communautaire. Les schémas de pensée généraux dans et autour de vous auront certainement un impact sur vous. C'est comme le temps ordinaire. Avez-vous déjà remarqué que dans une salle de classe ou un bureau, lorsqu'une personne est morose, elle répand ce sentiment dans toute la pièce ? Quand il y a des rires, tout le monde est heureux.

Revenons-en au désir. Si un désir n'est pas maîtrisé, il devient une dépendance. C'est le désir de café ou d'alcool qui rend une personne accro au café ou alcoolique. La dépendance tue très souvent la personne elle-même. Une fois que nous sommes victimes d'une habitude, il est très difficile d'en sortir. Nous devons nous asseoir, nous analyser et nous conseiller avant de prendre la résolution d'éliminer cette habitude. Même dans ce cas, il faudra peut-être des années pour éradiquer cette habitude. L'une des méthodes consiste à procéder à une réduction progressive. Supposons que nous prenions 6 cafés par jour. Nous pouvons progressivement passer de 5,4,3,2 à 5,4,3,2.

Et lorsqu'il s'agit d'un seul café, l'éradication peut prendre encore plus de temps. Si vous ne vous prévenez pas des conséquences que cela aura sur votre santé, il est difficile d'arrêter ce dernier café. ou bien il existe une autre méthode qui consiste à remplacer le café par une boisson saine ou une soupe, etc.

Se réveiller tard le matin ou prendre des résolutions pour faire des exercices et des méditations sont les inconvénients les plus courants auxquels les gens sont généralement confrontés. Ce n'est qu'en se fixant un objectif fort que l'on peut échapper à ces inconvénients.

Pour éliminer les autres émotions négatives, à l'exception du fanatisme, nous devons nous mettre délibérément à l'épreuve en créant des situations où nous ressentons de la jalousie, de la haine, de l'égoïsme, etc. Mais avant cela, il faut se préparer mentalement. Et en renforçant notre volonté, nous pouvons sortir victorieux de ces situations. Nous devons apprendre à être plus altruistes. Le désintéressement est une qualité très élevée et très noble qui non seulement élargit notre esprit et renforce notre volonté, mais nous rend également universels. En devenant désintéressés et en faisant des sacrifices, nous nous rapprochons de la nature, de la création elle-même. Nous devenons universels par nature.

Aujourd'hui, il faut de plus en plus d'amour universel et de responsabilité universelle. Les gens ont oublié la vérité universelle selon laquelle nous sommes tous des composantes différentes du même univers, tant au niveau grossier que subtil, tant au niveau physique que mental. Si nous ne nous en souvenons pas consciemment, nous ne pouvons pas le mettre en pratique dans notre routine. Une pratique consciente et régulière est nécessaire.

Ces derniers temps, les gens sont devenus plus fanatiques et plus controversés. Il existe des groupes et des clans au sein d'une nation, d'une religion, d'un État, d'un parti, d'une caste, etc. Si vous prenez une petite entité de 4 ou 5 personnes, vous y trouverez deux groupes. Le fanatisme est une forme étendue de l'ego. L'éradication du fanatisme à la base est bien meilleure pour toutes les nations.

Même si nous sommes en équilibre tout au long de la journée, lorsque survient une situation avancée, nous réagissons en fonction des émotions stockées dans notre subconscient. Dans le chapitre suivant, nous parlerons de la stabilité de l'esprit.

*Photo prise par l'auteur

Chapitre 3
Stabilité de l'esprit

*Photo prise par l'auteur

Lorsque nous parlons de stabilité de l'esprit, nous ne devons pas oublier une raison biologique, à savoir la sécrétion d'hormones. Les hormones jouent un rôle majeur dans notre comportement. Notre schéma de pensée peut être basé sur nos connaissances internes et externes, mais le comportement dépend principalement de facteurs biologiques.

Une personne peut être très bonne au fond, bien élevée et maîtresse d'elle-même, mais si son corps est perturbé par des changements hormonaux ou des problèmes de santé, elle risque fort d'être frustrée et de se mettre en colère. Il peut exploser de colère et devenir colérique. Il arrive que les gens soient exaspérés par l'été et paresseux par l'hiver.

Chez les femmes en particulier, il existe un symptôme appelé tension prémenstruelle. En raison de changements chimiques dans le corps, les femmes ont tendance à devenir agressives, querelleuses, parfois violentes et même lascives.

Si la stabilité de l'esprit est atteinte, la plupart des divorces peuvent être réduits. La stabilité de l'esprit est différente de la maîtrise de soi. La stabilité de l'esprit est la façon dont nous réagissons à toute situation donnée. Le changement intérieur de tout être humain ne peut se produire que lorsque ses croyances, ses opinions, ses attitudes et son stockage interne d'informations sont largement modifiés. Une modification du stockage interne des informations n'est pas envisageable car il s'agit d'un processus qui s'est déroulé dès l'enfance. Avec des informations supplémentaires, seules les croyances, les opinions et les attitudes peuvent être modifiées. Le monde est comme une forêt, pleine d'épines, d'animaux sauvages et d'autres calamités naturelles. On ne peut pas changer le monde, si l'on veut être protégé, il faut être prudent. Mais mener une vie confortable et séculaire ne servira pas le but recherché. Être puritain à 100 %, c'est comme un mur ou du bois. La vie est expérimentale ici sur terre. Vous êtes venus pour expérimenter les différentes couleurs et les drames de la vie. Il vaut mieux se tromper et apprendre en cours d'action que de rester immobile comme une pierre, sans action ni émotion. C'est donc votre expérience dans ce monde et la manière dont vous faites face aux situations et aux personnes dans votre vie qui sont les plus importantes. Votre esprit est le principal terrain de jeu ou la scène où tout se joue. Nous pouvons avoir l'impression que tant de choses se passent au niveau physique ou dans le monde extérieur, mais le véritable drame ou jeu se déroule dans l'esprit intérieur. L'esprit est une étape qui reçoit toutes les impressions et commande au corps d'agir en conséquence.

À la fin de votre vie, vous réaliserez que tout s'est déroulé si vite, comme un rêve, ne créant que des souvenirs. Très souvent, les personnes qui commettent des erreurs ou des péchés ne sont pas innocentes ou ignorantes, mais très intelligentes et bien informées. Il ne sert à rien de se repentir à la fin de sa vie.

L'auto-observation et l'introspection sont très importantes si nous voulons atteindre la stabilité dans notre esprit. Soyez attentif à votre esprit en général. Quel est le cheminement de ses pensées ? Il faut observer comment l'esprit réagit à une situation donnée, quand le comportement change et dans quelle situation. Ces aspects sont tous plus importants pour un individu que les divertissements mondains auxquels il s'adonne. Avez-vous remarqué que la plupart des ondes importantes de votre esprit trouvent leur origine dans votre enfance. Votre transformation en un être humain meilleur dépend principalement de l'observation de soi, de l'introspection, de l'interrogation, de l'analyse et de la purification.

Nous pouvons dresser un tableau complet de notre vie en nous analysant nous-mêmes. Quels sont nos mérites et nos démérites ? Quelles sont nos croyances et nos attitudes ? Quels sont nos objectifs et nos réalisations ? Quels ont été nos succès et nos échecs ? Il existe trois images différentes de chaque personne. Ce qu'il est réellement, ce qu'il veut être, ce que les gens pensent de lui. Il est préférable que les trois ne fassent qu'un.

Dressez la liste de toutes vos qualités négatives et de tous vos traits positifs. Que voulez-vous réellement accomplir dans cette vie ? Il est préférable d'avoir un objectif. Sans objectifs, il n'y a pas de but dans la vie. Avoir un objectif et s'engager à le réaliser. Si vous vous engagez sincèrement à atteindre votre objectif élevé et positif, il n'est pas nécessaire de parler de maîtrise de soi ou de stabilité d'esprit. Votre objectif et votre engagement amèneront tout à sa place. En vous engageant à atteindre votre objectif, vous devriez en prendre conscience chaque jour, de manière inconsciente. Ne laissez pas la procrastination et le report s'installer entre vos objectifs. Mais ne vous fixez pas d'objectifs trop ambitieux. Par exemple, si quelqu'un est boiteux, peut-il penser à faire de l'alpinisme ? Les objectifs doivent être à la mesure de vos capacités et de votre compréhension. Rêver haut et penser haut. Cela même fera disparaître toutes vos négativités. Comprenez votre propre personnalité et décidez du but de votre vie et de vos objectifs.

Après avoir atteint vos objectifs, il est très important de faire preuve de gratitude envers la nature. Avant d'atteindre les objectifs, il est important de les visualiser. Les prières aident à atteindre les objectifs, surtout tôt le matin, qui est le meilleur moment pour prier et visualiser. Même si vous avez dévié de votre chemin au cours de votre vie, cela n'a jamais eu d'importance. Vous pouvez toujours revenir et repartir à zéro. Après tout, la vie est un jeu. Ne prenez pas les choses au sérieux au point de mettre fin à vos jours à la moindre provocation.

Votre attitude face à la vie est plus importante. Il y a trois sortes de personnes - les positives, qui voient la positivité en toute chose, ce sont les optimistes, les pessimistes voient le côté négatif de tout, les neutres prennent la vie comme elle vient. Il y a aussi les personnes qui vivent uniquement pour impressionner les autres. Quoi qu'ils fassent, ils le font en fonction de ce que les autres penseront d'eux. Certains vivent de manière indépendante, avec leurs propres croyances et opinions. La plupart d'entre elles sont dictées par des normes sociales et des coutumes. Certains veulent être parfaits dans tout ce qu'ils font. Ils sont perfectionnistes, certains sont des critiques nés, puis il y a les commères qui prennent plaisir à parler des autres.

L'un des principaux obstacles à la réalisation de nos objectifs peut être la peur. Une fois que vous aurez surmonté cette peur, vous pourrez réussir. Le prochain obstacle peut être le doute. Ensuite, il y a l'impact de la société sur nous, les règles et les règlements qu'elle a établis, qui peuvent être un obstacle à notre développement.

Les femmes indiennes, en particulier, ont dû surmonter de nombreux obstacles pour atteindre leurs objectifs au cours des 50 dernières années. Les femmes en Inde ont connu un changement radical. La majorité d'entre eux ont atteint leurs objectifs en conduisant ce pays vers un avenir meilleur. Nous avons brisé les chaînes de nombreux fléaux sociaux tels que la dot et le mariage des enfants,

Sati, système devadasi. Nair Shakti ou l'énergie des femmes n'est rien d'autre que l'émancipation obtenue par la maîtrise de soi et la stabilité de l'esprit. Plus nous sommes contrôlés et stables, plus nous recevons d'énergie divine et de volonté.

Ne vous fixez pas trop d'objectifs, car il est difficile de se concentrer. Le fait d'avoir un seul objectif à la fois permet de se concentrer. Nous devons être attentifs au chemin, et nous atteindrons automatiquement la fin. Concentrez-vous sur la perfection du processus, cela vous permettra d'atteindre la fin.

Chapitre 4
Attachement et détachement

*Photo prise par l'auteur

De nombreux facteurs contribuent au déséquilibre de l'esprit et du comportement humains. Être stable dans toutes les situations, même lorsqu'on le provoque, est une grande maîtrise de soi. Bien que la plupart des émotions résultent de l'accumulation de pensées, parmi les facteurs externes, un aspect ne peut être ignoré : notre attachement à notre corps, à notre famille, à notre pays, à notre caste, à notre religion, à nos amis, à nos biens, etc.

Même si la plupart d'entre nous savent que ce monde n'est pas permanent et que nos relations avec les gens et les choses sont temporaires par nature, nous avons beaucoup de mal à nous défaire des liens qui nous unissent à nos proches. Notre attachement est si profond qu'il est à la base de toutes nos actions. Cet attachement ne peut être ignoré.

Nous sommes alors attachés à notre corps et à sa beauté. C'est une vérité que chacun aime son propre moi plus que toute autre chose. Ne nous défendons-nous pas lorsque nous sommes accusés ou attaqués par quelqu'un, ne nous embellissons-nous pas même à un âge avancé ? N'est-il pas vrai que nous nous aimons nous-mêmes ? Trop d'amour pour notre propre personne n'est qu'ego et vanité, sans quoi nous devenons terre à terre. Même sur notre lit de mort, lorsque nous sommes au seuil de la mort, notre esprit continue de vagabonder ici et là à la recherche de nos proches.

Comme dans le chapitre précédent, nous avons parlé d'une vérité, la mort, qui est universelle. Examinons une autre vérité : toutes les choses que vous possédez, toutes les personnes qui vous entourent, toutes les qualités ou tous les défis que vous possédez sont également de nature temporaire. Rien ne restera gravé dans votre mémoire jusqu'à la fin. Votre propre corps n'est qu'un contenant de vous-même. Il sera détruit au moment où vous mourrez. Pourquoi donc cet attachement et ce détachement des choses et des gens du monde ? Le grand projet du maître qu'est la nature est de sortir victorieux de sa pièce appelée Destin.

Il existe une belle citation de Swami Vivekananda

"Seul cet homme sera capable de tirer le meilleur de la nature, qui, ayant le pouvoir de s'attacher à une chose avec toute son énergie, a aussi le pouvoir de s'en détacher quand il le faut".

Travaillez de toutes vos forces avec autant d'attachement que possible, mais soyez capable de vous détacher lorsque c'est nécessaire. L'attachement est la source de tous les plaisirs. Le même attachement est aussi la source de notre douleur.

Dans l'amour et le bonheur véritables, donnez et n'attendez rien. Plus vous donnez, plus vous recevez de la nature. Ne donnez pas pour donner. Mais par amour véritable, par amour inconditionnel. La mère est le premier exemple d'amour véritable. Dès la grossesse, elle nourrit l'enfant dans le ventre de sa mère d'un amour inconditionnel. Elle continue à travailler pour toute sa famille comme une machine sans attente. L'amour des femmes indiennes est incomparable.

Dans la religion hindoue, l'une des voies du salut passe par le travail ou le devoir. Cette voie est connue sous le nom de karma yoga. Nous devrions travailler avec toute notre puissance et notre perfection, mais avec une attitude détachée, nous ne devrions pas nous attacher aux résultats de ce que nous faisons. Il peut s'agir d'une réussite ou d'un échec. Il ne faut jamais déprimer en cas d'échec ni s'emballer en cas de succès. Montrez votre engagement à apporter la perfection dans le travail et non dans ses résultats. C'est-à-dire qu'il faut agir avec une concentration totale et une motivation désintéressée. En même temps, nous devrions être en mesure de nous détacher lorsque cela est nécessaire.

L'altruisme est votre propre expansion. Plus vous êtes altruiste, plus vous vous développez. Sortez des portes fermées et élargissez-vous à l'univers. Rendez votre amour universel. Rendez votre devoir et votre responsabilité universels. C'est travailler avec une attitude détachée.

L'égoïsme et l'égocentrisme ne font que nourrir vos émotions, vos sentiments et vos intentions de manière négative. Ne vous vengez pas pour tout ce que vous rencontrez dans la vie. Rester calme, posé et maître de soi, même au milieu de la tourmente, exige un pouvoir divin exceptionnel. Cette attitude est appelée attitude détachée.

Rien ne peut nous arriver si nous ne nous y exposons pas. Cela vaut également pour les maladies. Nous préparons le terrain pour tout ce à quoi nous sommes confrontés et personne n'est à blâmer. La cause première ou la graine a d'abord été semée dans notre esprit.

Nous sommes toujours en train de râler et de nous plaindre. Nous n'avons pas le contrôle de nos pensées et de nos actions. Si nous parvenons à contrôler nos pensées à la base, nous pourrons éviter bien des mésaventures. Soyez toujours conscient de la vérité universelle, alors naturellement vos intentions, attitudes et actions se refléteront en conséquence. Ce que nous possédons n'est pas permanent. En effet, nous n'allons pas garder notre corps jusqu'à la fin de notre vie. Le corps n'est qu'un contenant dans lequel nous sommes placés. Que dire alors de la beauté, de la richesse, de la position, du statut, de l'éducation, de la caste, de la religion, du cadre, etc.

Travailler avec une attitude détachée ne signifie pas ne pas avoir d'amour ou de compassion pour ses semblables. En fait, vous devez avoir un amour authentique pour tous les êtres, y compris les animaux, mais sans aucune possessivité, aimer tout le monde de manière neutre, sans aucun parti pris. Aimez votre travail, les gens et les choses, mais avec une attitude détachée. Aimez tout le monde pour l'amour, sans égoïsme, indépendamment de la caste, de la religion, de la nation ou de toute autre division. L'amour, c'est l'attention, le souci, la compassion, la tolérance et la patience. Mère Teresa était un très bon exemple d'amour désintéressé et de compassion. De grands leaders comme Gandhi, Netaji et des maîtres spirituels comme Rama Krishna Paramahamsa et Swami Vivekananda avaient un amour universel pour leurs semblables.

Lorsque vous êtes attaché à la personne que vous aimez, vous avez des attentes combinées à de la possessivité. Les attentes mènent à la misère, qui à son tour mène à la possessivité et à la jalousie. Si vous êtes désintéressé, vous n'attendez rien. Trop d'attentes et de rêves ne font que vous emporter. L'échec conduit à la misère. Il s'agit là d'un point très important à noter.

La misère est telle que beaucoup ont commis des meurtres et des suicides. Même des enfants de 10 ou 12 ans se suicident parce qu'ils sont incapables de faire face à l'échec. Il suffit de faire face à la vie telle qu'elle se présente. Continuez à avancer sur le chemin de la vie, qui passe parfois par de verts pâturages et de beaux jardins, parfois par des forêts sombres, et faites face à tout avec une attitude détachée et sans aucune attente.

Notre attachement à notre famille, à nos richesses et à nos possessions nous cause beaucoup de douleur et le désir de nous les procurer nous cause encore plus de chagrin.

Gardez toujours dans votre subconscient que ce monde n'est pas permanent. Notre séjour ici n'est que temporaire. Il n'est pas nécessaire de surjouer pour quoi que ce soit. Accueillez tout ce qui vous arrive. Mais agissez avec intelligence, dans le calme et la maîtrise de soi.

En tant qu'être humain, il est tout à fait naturel d'être attiré par les divers plaisirs, beautés et divertissements qui nous entourent. Au moins la majorité d'entre nous connaît la vérité universelle énoncée dans les paragraphes ci-dessus. Il n'est pas facile de sortir des griffes de ce monde. Drame. (connue sous le nom de Maya dans la religion hindoue)

Avec l'augmentation des flux financiers et des attractions, les attentes se sont accrues.

En poursuivant vos rêves et même lorsque vous êtes pris dans la roue de Maya, n'oubliez pas la vérité universelle, à savoir que le monde est la scène, que vous êtes le joueur et que la mort est le niveleur. S'empêtrer dans trop d'attentes, dans des rêves, ne fait qu'accroître la misère et la tragédie.

Chapitre 5
Les apports influencent la pensée.

Le concept de karma est aussi vieux que l'humanité. Le karma intervient avant même que nous n'entrions dans le ventre de notre mère, notre foyer d'origine. C'est nous qui décidons de notre mère avant même de naître, ces apports se poursuivent jusqu'à la mort et même après. Beaucoup de vos karmas actuels sont la continuation de vos naissances antérieures. Même les personnes que vous rencontrez dans cette naissance et certains incidents importants ou la suite de vos naissances précédentes.

Nous sommes mêlés à d'autres êtres au cours de chaque vie, ce qui entraîne d'autres karmas avec chacun d'entre eux. L'humanité est comme un jouet entre les mains du destin. On peut être bon, riche, bien éduqué ou beau grâce au destin. La souffrance liée à la pauvreté, à la criminalité, à la famine, etc. d'un côté, et la beauté et la richesse de l'autre. C'est le jeu du destin. Nous devons donc avoir de la compassion pour ceux qui sont sans défense en tant que criminels et pour les opprimés. Avoir de la compassion, même pour un criminel, est une pensée très élevée et très noble. Haïr le péché et non le pécheur.

Aimez vos semblables qui sont plongés dans la pauvreté et l'ignorance. En plus de la compassion, n'oubliez pas de manifester votre gratitude envers le destin pour les bonnes choses de la vie.

Les êtres humains sont des créatures merveilleuses. Vous n'êtes pas inférieur à un Dieu. Des merveilles se sont produites sur cette terre, sans aucun doute. Plus que votre corps, votre esprit est si puissant qu'il est à l'origine de révolutions et d'innovations sur cette terre.

L'apport que vous vous faites à vous-même tout au long de votre vie est très important. Cela ne signifie pas qu'il faille toujours s'éloigner du mal et être entouré de bien. Comme pour la santé, la pensée doit être immunisée. Immunisé face à tout. Ne nous laissons pas influencer par quoi que ce soit.

Nous sommes confrontés à de nombreuses calamités extérieures à notre corps, mais les dangers auxquels nous sommes confrontés de l'intérieur sont encore plus profonds et intenses. Vivre une vie parfaite, c'est mieux en le disant qu'en le faisant.

Lorsque nous parlons d'intrants, il convient de mentionner tout particulièrement les médias. Les médias, qu'il s'agisse de la télévision ou de la téléphonie mobile avec tous ses attraits, en particulier YouTube, Facebook, WhatsApp, Twitter et Instagram, ont rendu tout le monde dépendant. Cela concerne également la génération précédente et les personnes âgées. Aujourd'hui, il s'agit de la principale contribution de tous les êtres humains. Les gens ont oublié de lire un livre ou se sentent même paresseux à le faire. Il y a cinquante ans, le livre était le principal compagnon de la masse éduquée.

Bien sûr, les médias ont un côté plus informatif qui rend les gens plus intelligents et mieux informés. Grâce à Google et à l'internet, vous obtenez des connaissances et des informations sur n'importe quel sujet. Vous pouvez connaître les itinéraires de nouveaux lieux. Vous pouvez apprendre des choses en ligne en restant chez vous. La téléphonie mobile a fait basculer le monde entier. La communication et la connaissance se sont développées. De plus en plus de personnes s'expriment. Les médias ont donné une plus grande liberté d'expression et de créativité.

Les jeunes d'aujourd'hui n'ont que quelques pas de retard. Pour se maîtriser, tout dépend de l'étape suivante. De quel côté allez-vous vous tourner ? La droite mène à la positivité et la gauche à la négativité. Utilisez votre propre cerveau pour choisir le bon chemin. Fixez-vous un objectif fort dans votre vie et pratiquez votre vie pour atteindre cet objectif positif. Devenir bien éduqué, riche ou célèbre n'est pas ce que j'entends par voir la vie dans la bonne perspective, analyser les gens et les situations, en particulier la politique, et être scientifique dans notre approche et dans nos pensées. Sans aucun préjugé de caste, de religion, de région ou même de langue. Ne devenez pas la proie d'un leader politique en raison de sa religion ou de sa caste. Analysez-vous, vous êtes votre propre leader.

En tant qu'êtres humains, nous sommes tous égaux et faits du même sang et de la même chair. Respectez tout le monde et voyez la divinité dans tous les êtres, indépendamment de leur caractère, de leur statut, de leur religion ou même de leur passé. Accordez beaucoup d'attention à votre moi intérieur. Et en développant une personnalité charismatique.

Si l'histoire a apporté tant de révolutions avec des ressources limitées, quel changement les jeunes d'aujourd'hui peuvent-ils apporter ? Les technologies et les innovations sont nombreuses pour apporter le dynamisme nécessaire. Le monde entier est entre vos mains. C'est comme la construction d'un temple. Chaque culture a sa propre contribution. Chaque individu peut contribuer à l'amélioration de la société ou de la nation.

Plus l'esprit est sain, plus le corps est sain. Bien sûr, il peut y avoir d'autres raisons pour lesquelles le corps est affecté. Même si le corps est affecté par des habitudes alimentaires irrégulières, de mauvaises habitudes ou des pollutions extérieures, si la volonté, le courage et la force internes sont puissants, on peut comprendre la tempête extérieure et l'affronter courageusement.

Très souvent, la tempête ou le tsunami vient de l'intérieur. Notre esprit, notre corps et nos sens sont toujours en lutte avec le monde intérieur et extérieur. Quand je parle de lutte interne, je ne parle pas seulement de l'esprit. Cette lutte est volontaire. Il s'agit également de la lutte des organes internes contre nos habitudes extérieures. C'est involontaire et nous n'en avons pas connaissance. Cependant, la volonté de l'esprit peut grandement influencer le corps. Par ailleurs, pendant la période Corona, de nombreuses personnes ont survécu grâce à leur volonté plutôt qu'à des médicaments. Lorsque l'on parle de santé, l'alimentation ne peut être ignorée. La consommation d'aliments appropriés nous permet non seulement d'être en bonne santé, mais aussi de jouir d'un bon bien-être mental.

Tout homme ne peut pas devenir Dieu ou tout homme ne peut pas devenir un démon.

Nous sommes tous des âmes ordinaires qui parcourent lentement le chemin de la vie. Notre préparation doit commencer dès l'enfance, avec le soutien des parents et des enseignants. Il est bon d'être formé par les idées et les doctrines des parents, mais après un certain stade, il est préférable de grandir de manière indépendante. La liberté n'apporte que la croissance, l'exploration de nouvelles idées et l'expression de la créativité et de l'innovation. L'enfance est la meilleure période de la vie d'un être humain. Les apports fournis pendant l'enfance constituent la pierre angulaire de toute la vie. Un enfant jette une pierre sur l'autre et, avec sa propre expérience, devient un homme à part entière. Les enfants d'aujourd'hui sont comme des cerfs-volants. Voler dans le ciel, être ballotté et voler sans but. Ils détestent être conseillés, dictés et critiqués. Ils deviennent agressifs et arrogants. Honnêtement, la critique fait ressortir ce qu'il y a de meilleur en nous. Il est toujours préférable de vivre au milieu de personnes qui nous critiquent qu'avec des personnes qui nous louent. La critique est un révélateur lorsqu'elle est prise dans le bon sens.

Avez-vous déjà remarqué que plus vous dites non à un enfant, plus il est attiré par lui ? Même en tant qu'adultes, si quelque chose est restreint ou interdit, nous sommes plus curieux de le savoir. Nous sommes plus attirés par elle. C'est l'une des raisons de l'augmentation des drogues, de l'alcoolisme, de la prostitution, de la contrebande, de l'adultère et d'autres crimes.

Trop de contrôle sur une chose ne fait que la rendre plus attrayante. Pour éviter une telle situation, il convient tout d'abord d'éduquer les personnes ou les enfants sur les conséquences auxquelles ils s'exposent s'ils s'adonnent à des habitudes interdites. Deuxièmement, il faut les orienter et les habituer à une meilleure habitude. Le sport, la musique, la lecture, la danse, la natation, etc. maintiennent l'esprit et le corps en bonne santé. Les beaux-arts et le sport, le jardinage, la lecture et l'écriture renforcent la personnalité de chacun.

*Photo prise par l'auteur

Chapitre 6
Méditation

*Photo prise par l'auteur.

La méditation est une technique très ancienne. Il s'agit d'un processus par lequel toutes les pensées emmagasinées sont nettoyées et éliminées. Beaucoup pensent que la méditation n'est pas faite pour eux car ils ne peuvent pas rester assis trop longtemps et contrôler leurs pensées. C'est une bonne chose que vous ayez plus d'idées. Tout comme lorsque nous nettoyons une pièce sale, beaucoup de poussière s'en échappe, de la même manière, en méditation, toutes les pensées emmagasinées s'en échappent. En fait, il est très bon de pratiquer la méditation de manière routinière. Je recommande à tout le monde de pratiquer la méditation deux fois par jour. C'est une purification de l'esprit.

Dans un premier temps, toutes les émotions négatives se manifestent. Les émotions telles que la colère, la luxure, le désir, l'avidité, la peur, l'impulsivité se manifestent. Si vous êtes persévérant dans votre pratique et continuellement conscient de vos objectifs et de la vérité universelle, vous deviendrez progressivement une personne calme.

Avant de s'initier à un mantra, pendant au moins quelques mois, asseyez-vous dans un endroit calme et laissez l'esprit courir, soyez le témoin et observez-le. Lorsque l'esprit se rend compte qu'il est observé, les pensées diminuent progressivement. Il en va de même pour nos actions. Nous pouvons surveiller en permanence nos actions et nos émotions quotidiennes en tenant un journal et en nous attribuant des notes. Les marques servent à l'auto-motivation et au suivi du processus de pensée et de comportement. Même si le succès n'est pas immédiat, au fil des années, nous nous transformerons en une personne stable et maîtresse d'elle-même. Cela peut également prendre une vie entière, en fonction du karma stocké dans notre conscience.

Tout en laissant votre esprit courir, vous observez votre respiration. L'entrée et la sortie du souffle. C'est votre force vitale. Une fois que cela s'arrête, votre vie est finie. Un peu plus loin, les yeux fermés, vous pouvez vous concentrer sur l'espace entre vos sourcils. En suivant les trois étapes ci-dessus, vos pensées et vos émotions se régulent, même si elles peuvent être turbulentes au début.

Il existe d'autres types de méditation que l'on peut apprendre auprès des gourous. Le chant des mantras rafraîchit l'esprit tout au long de la journée. Le fait de chanter le OM à haute voix pendant au moins 15 minutes apporte un équilibre au corps et à l'esprit. De nombreuses mauvaises habitudes peuvent être éradiquées en chantant quotidiennement le OM.

Avant de vous initier à un mantra pendant au moins quelques mois, asseyez-vous dans un endroit calme et laissez votre esprit vagabonder. Il suffit d'en être le témoin et de l'observer. Lorsque l'esprit se rend compte qu'il est observé de près, les pensées diminuent. Il en va de même pour nos actions. Nous pouvons surveiller en permanence nos actions et nos émotions quotidiennes. Nous pouvons même suivre nos progrès au jour le jour. Même si le succès n'est pas immédiat, au fil des années, nous nous transformerons en une personne stable et maîtresse d'elle-même. Cela peut également prendre toute une vie, en fonction du karma stocké dans notre conscience.

Tout en laissant votre esprit courir, vous observez votre respiration, l'entrée et la sortie de votre souffle. C'est votre force vitale. Une fois qu'il s'arrête, votre vie est finie. Un peu plus loin, les yeux fermés, vous pouvez vous concentrer sur l'espace entre vos sourcils. En suivant les trois étapes ci-dessus, vos pensées et vos émotions se régulent, même si elles peuvent être turbulentes au début.

Le chant de mantras et le pranayama, associés à la méditation, permettent à l'esprit de rester calme et paisible tout au long de la journée. Le chant du OM à haute voix pendant au moins 15 minutes apporte un équilibre au corps et à l'esprit. Beaucoup de mauvaises habitudes. Peut être éradiqué en chantant quotidiennement le OM.

Tout cela peut paraître absurde pour des personnes de cet âge. Mais la plupart d'entre eux sont dans la confusion et le dilemme, vivant sans but. Lorsqu'ils sont confrontés à un petit échec ou à une insulte, ils vont jusqu'à tuer d'autres personnes ou mettre fin à leurs jours. Ils ne sont pas équilibrés dans leurs émotions et leur comportement.

En plus de la méditation et des chants, si vous ajoutez le pranayama et le yoga à votre vie, vous ferez ressortir la beauté qui est en vous. L'intention de chaque être est d'être en paix et heureux. Soyons pacifiques lorsque la route est aussi claire que cela, afin d'avoir un processus de pensée régulé. Quel meilleur exercice que la méditation ? La méditation pratiquée aux premières heures de l'aube est plus fructueuse.

Selon Patanjali, un grand yogi. Maître des temps anciens. La méditation peut être divisée en 3 catégories. La première partie consiste à amener l'esprit des pensées vacillantes à un point de concentration. C'est ce qu'on appelle le dharna. La deuxième partie est en fait la méditation, dhyana. La dernière partie est le Samadhi, que seuls les saints et les chefs spirituels atteignent normalement. À ce stade, la conscience individuelle ne fait plus qu'un avec la conscience universelle.

Un canal creux traverse la colonne vertébrale. Le nerf gauche est Eda et le nerf droit Pingala. Le canal creux est appelé Sushumna. Il y a 7 chakras qui partent de la base de la colonne vertébrale jusqu'au sommet de la tête. Au fur et à mesure que nous progressons dans la méditation, notre esprit passe par tous ces chakras. En atteignant le sommet de la tête, le Samadhi est atteint.

En outre, le mental peut être purifié par le pranayama. Faire du pranayama juste avant la méditation ne fait que renforcer le processus. La procédure est la suivante. Tout d'abord, le corps doit être régulé par le yoga et les exercices. Ensuite, la respiration doit être régulée par le pranayama ou les exercices respiratoires. L'esprit peut ensuite être régulé par le chant de Om avant d'entrer en méditation. Toutes ces opérations, effectuées entre 4 et 6 heures du matin, donnent de meilleurs résultats. L'aube est connue sous le nom de Brahma Muhurta. À ce moment-là, nous recevons l'énergie divine de la conscience universelle. Il existe une variété de techniques de pranayama que l'on peut apprendre auprès d'un gourou compétent.

Plus tard dans la journée, nous devons également être conscients de notre propre personne, observer et analyser nos mouvements. Tout cela nous aidera à ne pas être victimes des attraits du monde ou de Maya. Ces processus permettent de réduire, voire d'éliminer, les activités criminelles telles que la corruption, la falsification, le divorce pour cause de dépendance, etc.

Chaque être humain qui est venu dans ce monde a la responsabilité de se conduire de la meilleure façon possible afin de ne pas perturber l'équilibre de l'univers. Je sais que l'erreur est humaine, mais que le pardon est divin. Tous les êtres humains sont susceptibles de commettre des erreurs. Ce n'est que par l'erreur que nous apprenons nos leçons. Avec chaque expérience, nous devons grandir et nous développer et ne pas devenir sombres et déprimés.

Chapitre 7
L'amour universel

L'amour est la plus grande expression de la divinité. Nous aimons parce que nous sommes divins. Nous faisons tous partie d'une masse universelle dont il a été question plus haut, l'amour, c'est-à-dire le fait de ne rien attendre en retour. Il ne s'agit pas d'un système de troc. Nos parents sont les meilleurs exemples de l'amour divin, en particulier la mère, qui est l'incarnation du sacrifice et de l'amour.

Être désintéressé et se soucier de l'autre, c'est l'amour.

Lorsque nous sortons de notre moi individuel pour aller vers la personne suivante, c'est l'Amour. Nous pouvons étendre notre personne à la famille, à la rue, à la ville, au pays et à l'univers tout entier, jusqu'à ce que notre amour devienne universel par nature.

Voir Dieu dans tous les êtres, dans toutes les créatures, même les animaux, les insectes, les serpents et les tigres. Voir la divinité partout et dans tout ce que nous faisons est la doctrine de la religion hindoue. Commencez littéralement à voir Dieu dans tous les êtres, au moins pour un jour de votre vie. Vous verrez l'énorme différence que cela crée.

Toutes les qualités négatives disparaissent avec ce type d'attitude. Vous devenez une source de gratitude, de générosité, de sacrifice, de passion pour aider les pauvres et les opprimés. Tous les désirs basiques comme l'avidité et la luxure disparaissent.

Vous allez au-delà de l'apparence physique de la personne ou de la créature. Lorsque vous voyez la divinité intérieure, vous devenez sans crainte et compatissant pour devenir un être de tolérance et de patience.

Cet Amour universel vous rendra universellement responsable. Il y a tant d'injustices autour de vous. N'est-il pas de la responsabilité de la jeunesse moderne d'éliminer les crimes ? Devriez-vous être le toxicomane ou le Messie qui élimine la menace de la drogue ? Si vous êtes l'ivrogne ou le Messie qui élimine la menace, vous devez être le porteur du flambeau. Chaque être humain a une raison de vivre ici. Dès que vous vous en rendez compte, vous devenez universellement responsable.

Oubliez votre personne, votre confort. Pensez aux autres et aidez-les. Plus vous êtes passionné par l'aide aux autres, plus l'amour divin afflue. Une autre aide précieuse que chacun peut apporter est de penser de manière positive et avec gratitude. Les pensées positives nous donnent de la force et les pensées négatives nous conduisent à la faiblesse.

En tant qu'êtres humains, nous laissons nos pensées comme des empreintes pour la postérité et pour notre propre karma. Accepter la vie comme elle vient, sans réaction. Ne mettez pas votre nez dans ce que fait l'autre, c'est son karma et il sait comment l'aborder. Vous pouvez l'aider, mais pas l'épingler. À chacun sa volonté et son karma, aime ton prochain comme tu t'aimes toi-même.

Dans les mariages, si les partenaires deviennent altruistes et vivent pour le bien de l'autre en voyant la divinité en eux, le nombre de divorces peut être réduit. Ce que vous donnez, vous le recevez en retour. Cela vaut non seulement pour les couples, mais aussi pour toutes les relations. Nous devrions accepter toutes les relations telles qu'elles sont. Nous devrions nous mettre à leur place pour connaître leur point de vue.

La haine et la criminalité se répandent partout. Des personnes sont maltraitées au nom de leur caste ou de leur religion. Les êtres humains ont oublié leur divinité originelle. La divinité ne réside pas dans les temples et les statues. Le Dieu réel se trouve dans toutes les créatures. Montrer de l'amour et du respect à l'humanité et aux autres créations de Dieu est une véritable dévotion.

En raison de ce comportement partial de la société, les opprimés et leurs enfants sont confrontés à de nombreux problèmes. En raison des divergences d'opinion entre les religions, dans leur propre pays, beaucoup sont privés de leur liberté d'expression, de leur développement social et de leur développement financier. En raison de tout cela

Les jeunes innocents deviennent des victimes des Naxalites et du terrorisme, et très souvent, ils deviennent eux-mêmes des terroristes. Il est du devoir de tous les dirigeants politiques et nationaux d'ouvrir la voie à une société meilleure où chacun peut vivre dans l'harmonie et la sécurité.

Mais partout où il y a de l'injustice, les gens doivent s'unir et se battre pour y remédier. Se taire ou râler n'est pas la solution. L'échec n'est qu'un tremplin vers la réussite. Nous devrions prendre chaque insulte, chaque coup, comme un tremplin pour aller plus loin. Nous devons riposter de toutes nos forces ; c'est l'une des premières leçons de la Bhagwat Gaeta : lutter pour la justice. Se battre pour une vraie cause est un bon karma. Les opprimés et les victimes d'injustice ne doivent pas rester les bras croisés. Sortez de l'ombre et défendez votre cause. Tu n'es pas un mouton, tu es un lion courageux.

Même si les femmes sont émancipées et autonomisées d'un côté, elles sont toujours confrontées à de nombreuses insultes et violences dans la société. Ils doivent faire face à une telle agonie en accomplissant des tâches multiples et en relevant des défis partout. Les taquineries et les viols sont en augmentation.

En raison de tout cela, de plus en plus de femmes souffrent de dépression et d'autres traumatismes psychologiques. Récemment, des crimes odieux ont été commis à l'encontre de femmes au nom de la religion et de la caste. Il est de la responsabilité universelle des autres de se manifester et de se battre pour leurs causes.

Trop de karma négatif se répand dans la masse universelle. À long terme, cela affectera le karma de tous les êtres. Très récemment, nous avons assisté à un gigantesque balayage de Corona qui existait depuis près de 4 à 5 ans. L'économie de toutes les nations a été affectée. Nous avons perdu tant de vies.

Pour citer un magnifique poème de Swami Vivekananda.

Requiescat. En rythme.

Vite, ô âme ! Sur ton chemin parsemé d'étoiles ;

Speed blissful one ! Là où la pensée est toujours libre,

où le temps et l'espace ne sont plus brouillés,

Que la paix et les bénédictions éternelles t'accompagnent !

Ton service est vrai, ton sacrifice est complet,

Ta maison est le cœur de l'amour transcendant ;

Le souvenir est doux, il tue l'espace et le temps,

Comme des roses d'autel, remplis ta place derrière !

Tes liens se brisent, ta quête de félicité est trouvée ;

Et un avec ce qui vient comme la mort et la vie ;

Toi, le serviable, le désintéressé de toujours sur la terre

En avant ! aidez toujours avec amour ce monde en proie à la discorde !

La véritable divinité de l'homme ne peut être ni comprise ni mesurée. Il s'agit d'un mystère depuis l'Antiquité. Ce qu'est l'âme, comment elle passe d'une naissance à l'autre.

Tous ceux qui souffrent et sont victimes du destin et des gens, veuillez écouter ce poème écrit par Swami Vivekananda. Il y a encore de l'espoir, ne perdez pas votre cœur.

"Attends un peu, Braveheart."

Si le soleil est un peu caché par les nuages,

Si le paysage n'est que morosité,

Tiens bon encore un peu, brave cœur,

La victoire est assurée.

Il n'y a pas eu d'hiver, mais l'été a suivi,

Chaque creux surmonte la vague,

Ils se poussent mutuellement dans l'ombre et la lumière ;

Soyez fermes et courageux.

Les devoirs de la vie sont vraiment pénibles,

Et ses plaisirs fugaces et vains,

Le but si obscur semble et vacille,

Mais continuez à avancer dans l'obscurité, le cœur vaillant,

De toute ta force et de tout ton pouvoir.

Aucun travail ne sera perdu, aucune lutte ne sera vaine,

Même si les espoirs sont déçus, les pouvoirs disparus ;

De tes reins naîtront les héritiers de tous,

Alors attendez un peu, braves gens,

Aucun bien n'est jamais annulé

Les bons et les sages sont peu nombreux dans la vie,

Pourtant, c'est à eux que reviennent les rênes,

Les masses savent, mais tardivement la valeur ;

N'en tenez pas compte et guidez doucement.

Avec toi sont ceux qui voient au loin,

Avec toi est le Seigneur de la puissance,

Toutes les bénédictions se déversent sur la grande âme

Que tout se passe bien pour toi !

Nous sommes tous des mortels ordinaires. L'intérieur ressemble à une jeune pousse qui n'a pas encore poussé. Il n'est pas possible pour tout le monde d'atteindre la grandeur, comme le dit Swami Vivekananda : "Je suis en tout dans tout le monde. Je suis dans toutes les vies, je suis l'univers. "Tout le monde ne peut pas non plus poursuivre l'infini et la lutte pour saisir l'infini. En tant qu'êtres humains ordinaires, nous pouvons nous efforcer de mener une vie pure et morale qui conduira à la perfection. Il suffit qu'en tant que simples mortels, nous nous souvenions que Dieu ou la puissance universelle est notre propre moi. Dieu est dans toutes les créatures, mais nous sommes trop ignorants pour connaître la vérité. Nous sommes rattrapés par Maya. Maya n'est rien d'autre que nos propres désirs et tentations. Dès que vous apportez la divinité à tous ceux que vous voyez et à tout ce que vous faites, Maya et ses griffes sont vaincues. Notre nature originelle est la divinité. Nous sommes tous des êtres divins. Découvrir la divinité de l'intérieur est le concept actuel et le but de la vie, nous pouvons échouer plusieurs fois. Cela peut prendre plusieurs vies aussi, ne vous laissez pas abattre. Continuez à vous battre et à grimper pour atteindre le sommet de votre divinité.

La majeure partie de notre énergie est utilisée pour préserver notre corps, notre famille et, en partie, pour influencer les autres et se laisser influencer par eux. Aujourd'hui, plus de la moitié du temps est consacrée au divertissement et à l'amusement.

Le yoga, le pranayama et la méditation aident à développer la personnalité intérieure de l'homme - l'homme qui peut se contrôler lui-même peut également contrôler les autres, car tous les esprits sont faits de la même matière. Pour citer Swami

"Cet esprit est une partie de l'esprit universel. Chaque esprit est relié à tous les autres esprits, et chaque esprit, où qu'il se trouve, est en communication réelle avec le monde entier. L'esprit est universel".

Un secret à apprendre dans la vie est que l'âme est une personne éveillée qui travaille et aime au maximum, tout en étant détachée de tout. Nous sommes pris et attristés parce que nous attendons trop des autres. Nous faisons du troc avec nos émotions et nos sentiments. Nous attendons trop de la vie. Donnez et n'attendez rien en retour. Ne vous sentez pas triste de donner. Donner avec joie à tout le monde sans négocier. Soyez altruiste et continuez à donner. Ce n'est qu'ainsi que vous recevrez davantage de la nature.

Il n'y a pas de misère imméritée. Nous

a ouvert la voie à tout. Celui qui échappe à la misère et au chagrin échappe aussi au plaisir. Si le schéma de pensée est un arbre, le caractère est le tronc principal qui se ramifie en comportement, habitudes, manières, attitudes, croyances et opinions. Notre schéma de pensée, qui s'est développé en même temps que le corps au fil des ans, dépend principalement des croyances et des opinions. Les croyances et les opinions façonnent l'attitude qui, à son tour, engendre le comportement, les habitudes et les manières. Comme nous l'avons dit plus haut, notre destin dépend en fin de compte du stock de pensées qui se trouvent dans notre esprit. Je le répète, ne soyez ni trop fiers de vous, ni trop tristes de votre mauvais sort. Ne soyez pas critique ou trop polémique à l'égard de quoi que ce soit, simplement parce que vous n'êtes pas au courant ou que vous n'avez aucune connaissance de ce sujet. Il y a une phrase du Christ. "Ne jugez pas pour ne pas être jugés".

Pour citer Swami.

"L'homme que je critique comme n'étant pas bon l'est peut-être merveilleusement sur certains points où je ne le suis pas.

Quel que soit l'être aimé, en arrière-plan, chacun de nous projette son propre idéal et y travaille.

Ne nous compliquons pas la vie avec trop d'idées et de croyances. La vie est aussi simple que cela. Il suffit de faire face à tout avec détachement et maîtrise de soi. Être stable dans toutes les situations. Soyons universellement aimants et responsables. Pour cela, nous devons voir la puissance divine en chacun et en toute chose. Nous ne sommes ni le corps ni l'esprit. Nous sommes tous des âmes, faisant partie d'une immense masse ou puissance universelle. Vivons avec des pensées et un comportement purifiés. Aimer ses semblables est la seule religion universelle. Après tout, la vie est temporaire, pourquoi se battre pour des questions insignifiantes ? Nous arrivons les mains vides et nous quittons notre corps sans rien posséder. Pourquoi alors compliquer notre vie ici, qui est courte et temporaire. Répandons le parfum de l'amour et de l'unité.

ODE À MON AMI

Parfum de ton amour

La brise a soufflé comme un vent

Temps et distance

n'ont jamais été un obstacle

Nous nous sommes sélectionnés mutuellement

Parmi les millions

Es-tu le don de Dieu pour moi ?

Tu es celui qui

Vers qui je suis destiné à suivre

De la naissance précédente à la suivante
Tu es resté comme un roc
Battre et supporter les tempêtes
Ceci est une ode à vous
Un petit cadeau pour vous
Mon cher ami

Chapitre 8
Mon expérience personnelle et mon cheminement spirituel

*Photo de l'auteur à l'âge de 4 ans

Je suis né le[23] avril. 1963. Dans une petite ville appelée Vellore, au Tamil Nadu. Mon grand-père, J. Rama Swami, était un chercheur spirituel qui nous a appris à vivre sans blesser personne. Il a rendu service aux pauvres et aux opprimés et nous a littéralement appris ce que c'est que de voir la divinité dans l'homme. Il a pratiqué le yoga et la méditation tous les jours de sa vie. C'était un homme honnête et travailleur. Malheureusement, il est mort lorsque j'étais une petite fille de 5 ans. Un mois avant sa mort, je l'ai rencontré dans ma ville natale, alors que je me séparais de lui, même en tant que petite fille, quelque chose m'a fait pleurer amèrement en disant que je ne me séparerai pas de toi, mon grand-père. Bien qu'il ne soit plus parmi nous, ses gènes et les connaissances qu'il a acquises auprès de ses gourous m'ont été transmis. Petite fille, j'ai toujours été pleine de créativité et d'imagination. Mon père était dans l'armée. Nous avons donc été déplacés à plusieurs reprises. J'ai passé la meilleure partie de mon enfance à Avado avec mes amis Lakshmi, Suman, Ramesh, Manjula, Parveen, Uma et bien d'autres.

J'ai étudié à la KFVHF jusqu'à l'âge de 13 ans avant d'être transférée à Bhuj.

Il y avait des professeurs formidables qui nous enseignaient de manière excellente. Le sanskrit était notre^{troisième} langue. 20 strophes de la Bhagwat Geeta m'ont fortement impressionné. Je n'ai cessé de le répéter à voix haute. Le Seigneur Krishna est devenu mon Dieu préféré. Je voulais vivre ma vie selon la Gita. À l'âge de 21 ans, j'ai obtenu un emploi d'agent stagiaire à l'Andhra Bank. Mais mon esprit a toujours eu une quête spirituelle de Dieu et de la Bhagwat Gita. À l'époque, en 1986, il n'y avait pas beaucoup de gourous spirituels comme aujourd'hui. Je voulais pratiquer la méditation tous les jours. Chaque fois que je m'asseyais pour méditer, j'étais envahi par un flot de pensées et de bruits. Je me suis sentie très désespérée.

En tant qu'officier stagiaire, j'étais très heureux de pouvoir briser les chaînes orthodoxes de mon père.

Je me suis sentie indépendante et j'ai vraiment réussi à voler de mes propres ailes à l'âge de 21 ans. À l'époque, les femmes ne jouissaient pas de la liberté, et à peine 10 % d'entre elles trouvaient un emploi. À cette époque, je me sentais fier de voyager seul de Bombay à Chennai et vice-versa, de vivre seul, de manière indépendante, et de relever de nouveaux défis en tant qu'officier. Le sous-directeur de l'agence était une personne très dure, qui me réprimandait pour tout. J'ai eu du mal à vivre loin de chez moi, à vivre et à travailler au milieu d'étrangers. Certains d'entre eux ont même essayé de me chasser de mon travail.

Mon deuxième lieu d'affectation après 6 mois était Malakpet, Hyderabad. Si les collègues étaient tout à fait normaux, j'ai vécu des expériences horribles ou plutôt terribles à la maison. J'ai vécu en tant qu'invité payant dans une maison où ne vivaient qu'une vieille dame et sa petite-fille. Une chambre séparée avec un lit d'enfant et une coiffeuse a été mise à disposition. C'est là que j'ai vécu des expériences étranges. Chaque fois que l'horloge sonnait midi, une touffe de cheveux s'envolait juste au-dessus des médias, qui étaient terrifiés. Pour éviter ces scènes, j'ai commencé à me coucher tard, à 2 ou 3 heures du matin. Soudain, pendant une semaine, ils m'ont laissé seul dans la maison. J'ai affronté courageusement toute la semaine. Un beau jour, alors que je nettoyais leur maison, j'ai trouvé un énorme bouquet de cheveux longs dans une boîte. Lorsque la propriétaire de la maison est revenue, je lui ai posé des questions sur les cheveux et lui ai raconté les cauchemars que je faisais chaque nuit. À ma grande surprise, ils m'ont dit que la mère de la jeune fille s'était suicidée en s'immolant par le feu et qu'elle était morte sur le lit même où je dormais tous les jours. Ces longs cheveux appartenaient également à la même femme. Quoi qu'il en soit, mon affectation à cet endroit touchait à sa fin et je l'ai quitté avec joie pour rejoindre la maison de mes parents à Chennai. Entre-temps, je me suis mariée et, un an plus tard, j'ai dû retourner à Hyderabad pour passer mon test de confirmation. Mais le plus grand choc fut que le fantôme revint à 12h00. heures. Je n'avais même pas fermé les yeux que je voyais une femme aux cheveux longs assise à côté de moi. J'ai crié de peur.

Mais mon comportement a beaucoup changé après cet incident. Je me sentais seule et j'avais souvent des accès d'émotions diverses. La vie a changé du tout au tout après le mariage. C'était une toute nouvelle atmosphère, avec des parents qui n'étaient pas d'un grand soutien à l'époque. Incapable de faire face aux problèmes domestiques et à la pression au bureau, je me suis sentie perdue dans un monde en pleine effervescence, sans aucun ami à mes côtés. Je souffrais de tensions prémenstruelles dues aux changements hormonaux. Mon enfant était trop petit et il a subi deux opérations, ce qui m'a rendue encore plus déprimée. J'avais l'impression de ne pas être faite pour le mariage et pour cette vie trépidante. Je voulais rejoindre les missionnaires de la Charité dirigés par Mère Teresa pour servir les pauvres.

J'ai essayé de m'enfuir à Calcutta, mais le destin a eu la bonté de me faire rater le train au dernier moment.

C'est alors que j'ai décidé d'affronter la vie telle qu'elle se présente sous un nouvel angle. Faire face à tout avec courage, ne pas fuir. Je remercie tout particulièrement mes amis de la branche de Mylapore qui m'ont fait découvrir le Ramakrishna Mutt et les livres de Swami Vivekananda. Mes fréquentes visites au Mutt et la lecture des grands volumes de Swami-ji m'ont permis de transformer ma vie en une nouvelle feuille. J'ai reçu une véritable initiation à la méditation transcendantale en 1989. Au moment de l'initiation, j'ai eu la vision d'une grande main qui me bénissait. Le Seigneur Mahi Vishnu est apparu avec Aid Sasha. Après ces visions uniques, j'ai pratiqué sérieusement mes méditations. En 1994, j'ai appris la méditation auprès de Swami Buteshanandji de Rama Krishna Math. J'ai également lu les récits de vie de Rama Krishna Paramahamsa et j'ai même suivi les conseils de Swami Gautamananda. Je me sentais si seule pendant ces jours-là que j'ai pleuré intensément toute une nuit pour avoir la vision de Dieu et Lo j'ai pu voir le bébé Krishna assis à côté de moi.

Peu à peu, j'ai commencé à m'analyser en écrivant mes mérites et mes démérites. J'ai essayé de vivre ma vie selon la Gita. Mais l'excès de suppression n'aboutit qu'à l'inverse. Mes expériences avec la vie m'ont beaucoup appris. En 1994, après la mort de mon père, j'ai été transféré dans un village appelé Pichatur. J'ai eu l'occasion de gravir les collines de Tirumala, la demeure du Seigneur Venkateswara, au moins 9 fois. C'est là aussi que j'ai fait la connaissance du grand avatar Shirdi Sai Baba. Un jour, alors que j'escaladais les montagnes de Tirumala, j'ai voulu tester l'existence de Dieu. Comme j'étais seul, j'ai prié Dieu de me donner sa vision. Étonnamment, quelqu'un ressemblant à Shirdi Baba était assis sur les marches et me donnait la vision nécessaire. J'étais trop effrayée pour m'approcher de lui.

Je suis revenu de Pichatur en 1998 et j'ai eu l'occasion d'apprendre de nombreuses autres méditations. D'un côté, j'apprenais le yoga et la méditation et de l'autre, je devais faire face à des problèmes tout aussi difficiles. J'ai toujours décidé d'être stable, quelle que soit la situation. Bien sûr, certains collègues m'ont beaucoup aidé.

Un autre incident est difficile à croire. Par un beau samedi après-midi, je rentrais de mon bureau à la gare routière d'un endroit appelé Maduravoyal à Chennai. Un gros bœuf était attaché à un poteau voisin.

Je m'approchai distraitement du bœuf et me retrouvai très vite soulevé en une fraction de seconde. J'ai trouvé les cornes du bœuf près de mon estomac. J'ai pris mon courage à deux mains, j'ai poussé les cornes et je suis tombée par terre, les jambes tremblantes. J'ai commencé à fuir l'endroit avec autant de force que possible. Comme le bœuf était attaché, il ne m'a pas poursuivi.

Aujourd'hui encore, je suis ferme dans ma stabilité d'esprit et ma maîtrise de soi, même si parfois je dévie et j'éclate en émotions diverses.

Ce livre est une dédicace à l'humanité pour partager mes connaissances et mes expériences. Tout est entre nos mains, mais notre vie est dictée par le destin. Pourtant, nous pouvons nous sortir avec succès de n'importe quelle situation donnée à condition d'avoir une forte volonté et de croire en la nature ou le pouvoir universel. Nous devons nous abandonner à Dieu et voir la divinité dans tout ce que nous faisons. Les gens peuvent nous critiquer et nous insulter, mais notre conscience sait que nous sommes toujours sur un chemin spirituel.

Chapitre 9
Swami Vivekananda

Ce chapitre est une dédicace spéciale à mon maître spirituel Swami Vivekananda. Aujourd'hui, il y a beaucoup d'agitation au nom de la religion et de la spiritualité. Les gens ont commercialisé l'éducation et la religion. La religion est également utilisée pour promouvoir la politique. La nature réelle de l'hindouisme a pris une très mauvaise tournure. Le moment est venu de rappeler aux gens les grandes âmes de Swami Vivekananda et de Ramakrishna Paramahamsa. Je suis redevable à ces grandes âmes d'avoir façonné ma paix intérieure et ma tranquillité.

Swami Vivekananda est né le 12 janvier 1863 à Calcutta. Il s'appelait Narendranath Datta. Il est né le jour de Maha Sankranthi d'une mère pieuse, grande dévote du Seigneur Shiva. Petit garçon, Narendra était toujours agité et énergique, et sa mère avait du mal à le contrôler. En tant qu'étudiant, il a fait preuve de grands talents et d'une grande intelligence, ainsi que de qualités de leader. Tout petit déjà, il avait le sentiment que tous les humains ne faisaient qu'un. Son approche était scientifique et analytique. Il n'a jamais cru à une chose simplement parce qu'elle était écrite dans un livre ou racontée par un grand homme. Il ne l'a confirmé qu'en le testant lui-même. Il est devenu un jeune homme intéressé par la musique, le théâtre, le sport et la lecture. Il était une mine de connaissances bien versées par ses lectures intellectuelles et vastes.

Pendant son enfance également, il a montré des signes de méditation profonde. En fait, c'est à l'âge de 15 ans qu'il a connu sa première extase spirituelle.

Sa première rencontre avec Rama Krishna Paramahamsa a marqué un tournant dans sa vie. Contrairement à beaucoup d'autres jeunes de son âge, il était un garçon pur et chaste, comme le lui avait enseigné sa mère. Son moi pur et profond a toujours été attiré par la vie de renoncement. Son maître spirituel, Sri Ramakrishna, l'aimait beaucoup. C'était un lien éternel d'amour et de dévotion entre les deux. Le jeune Narendras avait pour objectif de réaliser Dieu et, pour ce faire, il suivit les instructions et les conseils de Shri Ramakrishna. La joie de Shri Ramakrishnas ne connut aucune limite lorsqu'il vit le jeune Naren pour la première fois. Il semble que le premier l'ait cherché pendant plusieurs années. Peu à peu, Shri Ramakrishna forma le jeune Narendra de telle sorte que, pendant les méditations, le garçon pouvait sentir son corps séparé de son âme. Bien que la lutte extérieure pour la spiritualité ait été menée par Naren, la transformation intérieure réelle a été effectuée par son Maître. Au début de sa vie, Naren a perdu son père et a eu une famille nombreuse avec de nombreuses dettes à payer. Il souffrait d'une grande pauvreté et était tellement déprimé qu'il se demandait même si Dieu existait vraiment. C'était à cette époque. Un jour de pluie, il a vécu des expériences spirituelles au cours desquelles il a eu l'impression que toutes les questions qu'il se posait sur la vie trouvaient une réponse, que tous les mystères étaient levés voile après voile.

Après cette révélation, son attitude à l'égard de la vie a changé. Il était convaincu que sa vie était déterminée à devenir moine et à servir l'humanité. En tant qu'êtres humains, nous avons avant tout besoin d'être guidés par un véritable maître. Ce grand maître était Sri Rama Krishna Paramahamsa, qui a transmis toutes ses connaissances et sa formation spirituelle à son dévot sincère Naren, qui est devenu plus tard Swami Vivekananda.

Bien qu'à l'origine, le jeune Naren ne croyait pas aux rituels, à la Pooja et au culte des idoles, Shri Ramakrishna l'initia progressivement au culte de la mère universelle. Comme Naren était dans une grande pauvreté, Sri Ramakrishna lui a demandé de prier pour ses avantages matériels. Mais à chaque fois qu'il s'approchait de la déesse, son esprit ne faisait que prier pour l'élévation spirituelle. Le jeune Narendra était toujours pur dans ses pensées et son esprit et il guidait les autres garçons qui suivaient Ramakrishna de la même manière. Il a insisté sur la chasteté, la pureté, la maîtrise de soi et le renoncement. Les enseignements de Shri Ramakrishna tournaient autour de l'amour pour Dieu et de l'amour et du service pour l'humanité en voyant la divinité en chacun. La véritable spiritualité, telle qu'ils l'ont racontée à maintes reprises, est l'éradication des tendances mondaines et le développement de la nature supérieure de l'homme.

Shri Ramakrishna en a initié plusieurs. Des jeunes disciples à la vie monastique, en faisant de Naren le chef de file. C'est ainsi qu'il a lui-même fondé l'ordre des moines Rama Krishna.

Swamiji a voyagé en tant que moine errant de l'Himalaya à Kanyakumari. Assis sur un rocher, il se sent profondément concerné par la nation. Il était à la fois patriote et prophète. Son cœur se tordait de douleur en voyant la pauvreté et l'impuissance de l'homme de la rue aux mains des riches et des soi-disant dirigeants. Il voulait porter la gloire de notre nation dans le monde extérieur. Il a participé au Parlement des religions à Chicago, représentant l'hindouisme et l'Inde.

D'autres détails sur les services qu'il a rendus à l'humanité seront présentés dans mes prochains livres.

Terminons ce livre par une citation de Swamiji : "La véritable liberté et la félicité ne peuvent être atteintes que par l'individu et non par les masses dans leur ensemble".

Chapitre 10
Conclusion

C'est sur ce point que je conclus ce livre. Je vous souhaite à tous un bel avenir.

Souvenons-nous d'avoir des pensées pures. L'esprit individuel est toujours en communion avec l'esprit universel. Nos pensées contribuent sans aucun doute au puissant océan de l'esprit universel. Apporter la paix, l'harmonie dans la société et la remplir d'amour et de bonheur est en fin de compte entre nos mains. Nous devons consciemment voir la divinité en toute chose et en toute personne. C'est la sadhana la plus élevée. La pratique de cet exercice purifiera vos attitudes, vos croyances et vos opinions.

N'oubliez pas que nous ne sommes ni le corps ni l'esprit. Nous sommes tous des âmes invisibles, permanentes dans la nature. C'est un corps qui se détruit à chaque naissance. Nos pensées se perpétuent sous forme de karma, en nous efforçant de mener une vie stable et maîtrisée et en voyant la divinité partout et en chacun. Nous avançons vers la vérité universelle. Il se peut que nous ne parvenions pas à trouver notre équilibre en une seule vie. Mais notre âme continue de passer à l'étape suivante pour devenir meilleure et se fondre dans la nature universelle. Comme nous savons tous que la nature est uniforme partout, Dieu ou le pouvoir universel est également un. Pour des raisons de commodité, nous les avons divisés en plusieurs noms et religions. Marchons tous vers une religion universelle qui est l'amour. L'amour divin ne connaît pas le troc. L'amour divin est comme une bougie qui illumine les autres et les sert. Pardonnez-vous et élargissez votre petit moi à l'ensemble de l'univers. Voir la divinité partout et en tout. Peu à peu, vous pouvez ressentir la chaleur de l'amour divin.

Je vous donne rendez-vous très bientôt pour un autre projet.

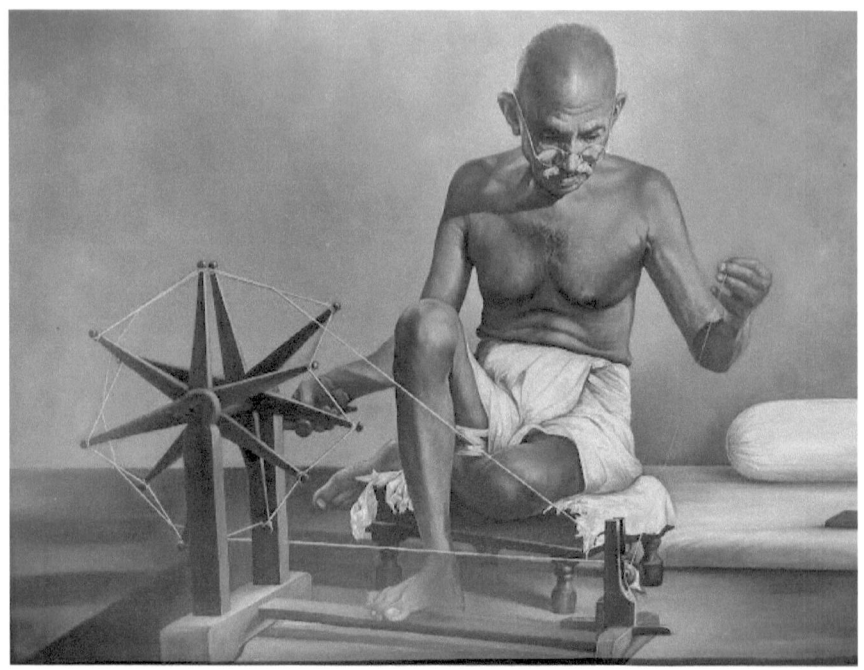

www.ingramcontent.com/pod-product-compliance
Lightning Source LLC
LaVergne TN
LVHW041221080526
838199LV00082B/1863